무한 앞에서

시작시인선 0501 무한 앞에서

1판 1쇄 펴낸날 2024년 4월 25일
지은이 박종국
펴낸이 이재무
기획위원 김춘식, 유성호, 이형권, 임지연, 차성환, 홍용희
책임편집 박예솔
편집디자인 민성돈, 김지웅, 정영아
펴낸곳 (주)천년의시작
등록번호 제301-2012-033호
등록일자 2006년 1월 10일
주소 (03132) 서울시 종로구 삼일대로32길 36 운현신화타워 502호
전화 02-723-8668
팩스 02-723-8630
블로그 blog.naver.com/poemsijak
이메일 poemsijak@hanmail.net

ⓒ박종국, 2024, printed in Seoul, Korea

ISBN 978-89-6021-762-1 04810
　　　　978-89-6021-069-1 04810(세트)

값 11,000원

무한 앞에서

박종국

천년의시작

시인의 말

노루 꼬리만큼 남아 있던 해는 어느덧 꼬리를 감추고
강물에 노을이 밀려들고 있는

해 질 녘과 밤사이

모든 존재에 몸과 마음을 바친 듯 풀어 놓고는
무엇인가를 기다리고 있는

2024년 봄날
박종국

차 례

시인의 말

제1부

제2부

제3부

제4부

해 설

제1부

진달래 지고 철쭉 피다

개울물 흐르는 소리
흐르고 돌돌 구르는 소리
청설모 두 마리가 나무를 오르내릴 때
들려오는 소리
울음소리였는지
오르내리는 기척이었는지

바람 가는 곳을 향해
나뭇잎들은 드러눕고 흔들리고
나부끼면서 전율하는
골짜기마다 바위틈에는
철쭉이 터질 듯 봉오리를 물고 있다

진달래 철은 갔나 보다

어디서 오는 슬픔일까
어디서 오는 불안함일까
마음속으로 중얼거리는 의식 속에서는
간직하고 닦아 온 세월이
자리를 잡지 못해 허둥대고

>
손 안에 있는 것들은
진달래꽃 이파리가 되고 안개가 되고
숲이 되고, 붉은 빗줄기 붉은 구름바다
그 속을 걷고 있다는 착각에 빠져
눈 밑에 잔주름만이 싱긋이 웃고 있는

외로운 구름같이 번민하는 연민같이
순수한 애정의 출발같이
달빛 받은 강물처럼 일렁이며 반짝이는
슬픔같이 선명하게 드러내는 아픔이
삶의 지렛대인 양 터질 듯 봉오리를 물고 있는
철쭉을 바라보다 흘리는, 눈물

눈물 골짜기를 이루는
산새 소리는 왜 그리 요란한지
알자리를 찾는지
수컷을 찾는지, 들려오는 소리는
듣기 좋기는 해도
손안에 없는 것들이어서
건너뛸 수도 없는 것들이어서

삶의 힘 안에서 돌돌 구르는

의식 바깥에는
어디서 흘러오는지
어디로 흘러가는지
하루살이처럼
무언가의 이름으로 피고 지는 말들이
위대한 비밀처럼
산그늘을 만들고

바라만 볼 수밖에 없는
산과 들 그리고 하늘에는
새 한 마리 쏜살같이 날아가는
앞산에 철쭉이 한창이다
분홍 같은 연보라 같은 빛깔들이
얼룩처럼 구름처럼
이야기를 이야기하는 이야기처럼
익어 가는 진달래 철이
아지랑이 같다

봄의 얼굴

얼음이 녹고 그늘을 드리운
강물은 어머니처럼 아버지처럼
산자락을 감싸안고는
모질었던 겨울 이야기를 하면서
흐느끼고

가랑잎에 매달려
겨울바람을 견디어 낸
번데기가 무서운 경련을 일으키고 있는
나무에는 날개가 찢어지게
나뭇가지를 물어 나르고 있는
둥지를 틀고 있는
까치가 울고 있고

산과 들,
저 바깥에는
변화무쌍한 구름이 햇빛이
무한한 것들이
나무와 바위 그리고 새싹까지
산들바람처럼 설레게 하는

봄기운을 몰고 와서는

갖가지 빛깔로
갖가지 소리로
오장을 짜듯 삶을 절규하는
몸부림이 처절한
우리를 무용지물같이
바라보는

봄의 얼굴이
내 안에서 네 안에서
질병같이 우리를 잠식하는
바람 같은 시간이 두려운
봄날이다

봄기운

얼어붙은 시간을 가르고 나오는
따뜻함으로 감싸고돌다 스며드는

봄기운에 강물은
깊이 잠들었다 깨어난 아기처럼
맑고 순해 보이는 미소를 짓고

사람들은 하늘의 기색과
끝없이 드러누운 들판의 색깔에 관심을 쏟는
봄날이 흩어진 병아리를 불러 모으고 있는

산과 들에는
짙고 옅은 빛깔 빛깔들, 도란거리는
서로 다른 생각들이 절정을 이루는

사랑이 꽃을 피우고
꽃들은 능선마다 아지랑이를 피우고 있다
우리 앞에 서 있는 거울처럼

진달래

벼랑 끝에 피었다
누구도 꺾지 못할 곳에 활짝 피었다

절벽의 틈새마다 뿌리 내린 침묵은
날개를 펼치고 적막은 절벽을 감싸고도는

사랑의 눈짓 따라 꽃잎은 피어나고
뜨겁게 달아올라 불타는, 죽음을 무릅쓰는

몸짓은 제 목숨보다 선명한 색깔을 만들고
색깔의 그늘이 슬픔이 사랑을 만들어 가는 소리

소리 없는 아우성같이
사람보다 사람같이 뭉게뭉게 피어나는

삶의 소리가 소리를 감싸고도는
진달래, 진달래꽃이 활짝 피었다

웅덩이

잠시 뿌린 빗물이
움푹 파인 길에 고여 있다
파란 하늘이 빗물 속에 있고
구름도 빗물 속에 있다

마치, 머나먼 곳에서 까무라칠 듯이
사라질 듯이 깜박이는 별빛처럼 아득한 것들이
지껄이고, 지껄이고 또 지껄이는
작은 웅덩이의 눈빛이 다가오고
너털웃음이 귓가에 울리는 울림 속에는

눈부신 햇살이 가득 차 있었고
새들은 지저귀고
신록은 미친 것처럼
연둣빛 초록이 얽히고설켜
일렁이고 있었다
생명을 태우고 있었다

생명의 환희
인고의 겨울은

이 환희를 예비하고 있었기에
그렇게 청정하였는지
햇빛은 황금 가루같이 부서지고 흩어지고
앞산에는 철쭉이 한창이다

이렇게
삶의 길바닥 움푹 파인
웅덩이가 불러 세우는
부름 앞에서 무너져 내린 나는
손안의 것 눈앞의 것
모든 것을 내려놓을 수밖에는

청 하늘에
조각달이 멋쩍게 걸려 있다

가을비

언제부터 내렸는지
창밖에 비가 내리고 있다

촉촉하게 내리는
삶보다 더 삶 같은 것들이
언제 우리의 것이 될지도 모르는 것들이
아픔보다 더 아프게 다가오는 것들이
회갈색 쓸쓸한 빛깔로 물들여 놓은
산과 들,

소나무에선 솔 냄새가 나고
느릅나무에선 구린내가 나는
삶을 살아야 함에 신음하는
신음이 가지마다 잎새마다
영롱한 구슬처럼 맺혀 있다
가을비로 익어 가고 있다

아득함을 향해
바깥을 향해

\>
흐느끼듯 애잔하게 고개를 쳐드는
삶들은,
마음 바닥까지 뒤집어 놓는
빗방울 소리, 소리에 맴도는
생의 심연이 순간순간 물어뜯는
고통에 자맥질하듯
숨쉴 통로를 찾는

신음이 신음하는
가을비가 내리고 있다

낙엽

떨어지는 낙엽
날아가기도 하고 굴러가기도 하면서
간다.

지우고 지워도
지울 수 없는 길을 따라
간다.

어딘지 모르는 길
단풍 든 나를 울려 놓고
아무렇지도 않게 간다.

가는 세월처럼
네가 얄미워서
데리고 살고 싶다.

겨울 하늘 초승달

그리움도 미움도 다 떠나고 없는
빈터 같은 밤하늘
심장을 꿰는 듯 날카롭게 빛나고 있는
맑고 창백한 얼굴

구름 속을 들락날락하는
염려하는 마음이 슬프게 보이는
시름 같은 말들이 돌팔매처럼 뛰어드는
잘못한 것들만이 짐이 되는
삶의 길이 흰 뱀처럼 뻗어 간다

무엇을 찾고 무엇을 버려야 하는지
눈으로 생각으로도 가늠할 수 없는
전신을 싸늘한 얼음장같이 만드는 빛이
끝없는 설원이었다
빙하였다

끝없는 현기증을 느끼게 하는
가도 가도 머나먼 초원
황사 바람이 이는 사막

수천 년 수만 년을 두고
풍화된 자연과 사물과 뭇 생명들
세월에 다져진 모습이
얼음장 같은

길은 가다가도 목덜미가 썰렁해지는
요즈음은 고립무원, 외톨이가 된 것 같고
벼랑 끝으로 몰린 짐승같이 눈만 붉게 타고 있는
죽어서 도망치지 않는 이상 따라갈 수밖에 없는
승복과 부정의 가름길에서
막연함이 불안을 만드는 두려움 속에서

움켜쥔 물이 손가락 사이로 다 빠져 버린 듯
아무것도 남아 있지 않다는 것을 느끼는
생각이 내 안에서 병들어 갈 때마다
갈 길을 몰라 표류하고 있다

날씨는 춥고 밤길은
오고 가는 사람 하나 없이 텅텅 비어 있다
산과 들 강물은 생명을 잃은 듯

얼어붙고 말라 버려 황량하고
눈에 보이는 것이 아무것도 없는
휑하니 빈 골목
행여 어느 구석에 그림자라도 없나 찾다가
울어 버린 일은 또 몇 번이던가

산다는 게
메뚜기 신세지
어디로 가든
찬바람이 불기 전에 움직이는

오장을 짜듯 절규하는
응어리처럼 의혹의 덩어리가 부풀어 올라
숨이 막힐 것 같은
모든 것이 와그르르 무너지는 소리
아프다는 느낌이 어떤
영악한 소리로 충동질하는

바람 소리와 함께 법당 문풍지가 운다
촛불이 좌우로 흔들리고 향연이 어지럽게 흔들린다

어릴 때 쌍계사에서 본
지옥변상의 탱화가 생각나는
어린 마음이 마구 떨리던 그때의 일이
생생하게 살아나는

겨울 하늘 초승달,

싸늘한 냉기는
찬바람도 아니고
얼음장 밑으로 흐르는 차디찬 강물도 아니고
그냥 냉기일 뿐이어서
빛나는 모든 것이 화살 같았다

고요를 바라보면서

소리는 소리 아닌 소리 속에서 부풀어 오르고
팽팽해진 고요는 터질 듯한 제 몸을 조이고 있다

무엇인가를 출산이라도 하려는 듯
안간힘을 쓰느라 무아지경인 움직임

일제히 아우성칠 것 같은
소리 없는 소리는 출구를 찾느라 발버둥치고 있다

경련처럼 이는 그리움
아나 마나 한 것들이 아무것도 아닌 것들이
오들오들 떨게 한다

겨울 들판

겨울 들판,
돋아나다 만 보리밭에는
날개를 오목하게 접고
내려앉은 까마귀들이
햇볕을 쬐고 있다

잿빛 주둥이로 언 땅을 쪼아 보는 놈
싱겁게 까우까우 목청을 뽑는 놈

살아 있음에서 오는 아픔이
삶 속에서 오는 불안함이
칠흑 같은 털빛이
햇빛 따라 북청 빛깔로 움직이는

먹고 굶는 중간 지대에서
죽고 사는 중간 지대에서
능청스럽게 딴청을 부리고 있는
까마귀들이 떼로 내려앉은
겨울 들판에는,

>
무엇으로도 대체할 수 없는
고통 아닌 고통이 가득한
바람 아닌 바람 소리

세상 어디에도 없는 울음같이
가까운 먼 "꿈의 배꼽"*같이

너와 나를 외롭게 하는
황량함이 철렁하는 가슴까지
파고드는 신음을 신음하는

* 꿈의 배꼽: 프로이트가 『꿈의 해석』에서 꿈의 알 수 없는 근원을 가
  리키기 위하여 사용한 용어.

산그늘

산은 깊어져 있었다
그늘도 짙었다

바위에 눌어붙은 이끼에서는
푸르른 냉기가 번져 나오고
어딘가에서 불어오는 바람에 흔들리는 나뭇잎
몸부림치는 떨림이 산새를 울리는

산울림과 바람 사이

산은,
입은 옷이 부끄러운 듯 누워 있는 무덤처럼 깊고
발가벗은 채 짙어 가는 그늘은 알 듯 말 듯한 비밀처럼
제 살을 뿌리들에게 내어 주고 있는

산의 품속을 파고들어
내 몸 떨리는 소리를 듣는
나무의 그늘과 스며든 여광에 얼룩진 바위
보랏빛 눈동자가 야무지게 보이는

\>

뿌리처럼 평온해지는

무한의 품 안 같은

무한 앞에서

그리움이 봄풀 같은 외로움
산다는 것에 대한 목마름이 한없는
쓸쓸한 빛이 꿈을 꾸고 있는
깊이 모를 슬픔이 흔들리지 않는 호수같이
감동 없는 눈빛
겨울 하늘처럼 차갑고 삭막하지만
모든 존재에 몸과 마음을 바친 듯 풀어 놓고는
무엇인가를 기다리고 있는
찌들고 주름진 속에 영롱한 구슬을 안고
세월에 속아 사는 엄마의 그늘 같아서
나직나직 불러 보지만 끝내 나타나질 않는
가늠할 수 없는 무한의 슬픈 눈을 바라보는
눈앞에 숨은 듯 숨지 않은 듯
세상 바깥에서 익혀 가고 싶은 것들이
너무 많은 말들이 세상을 촉촉하게 적시는
호수 같아 빠지면 죽을 것 같아서
목 매인 송아지처럼 오도 가도 못하고
한눈을 파는 눈에는 아무것도 보이질 않고
바람 한 점 햇살 한 점을 받아먹는 삶만이
귀청이 덜덜 떨리는 현실이라는 생바람 견디느라

끔벅끔벅한 눈 슬픈 눈

우리들 눈 아래 그늘 속에 앉아

유장하게 담배 한 대를 피우는

저 무한 앞에

세계관 인생관 하고 소리 질러 보아야

엄마를 부르는 송아지 울음 만이나 할까

오솔길

산다는 게 무엇인지
무거운 침묵의 자락을 끌면서
올려다보기도 하고
내려다보기도 하면서
오솔길을 걷다 보면
땅을 딛는 내 발자국 소리만 들리는
마음 바닥에는
내가 아닌 내 속에서
내가 되려고 하는 움직임들이
쓰레기처럼 버리고 싶은
지난 삶들의 가파른 날들이
언뜻언뜻 지나가는
그리움은 기다림을 앞지르고
화살같이 꽂히는
떠도는 바깥의 촘촘한 변화들이
물이 올라 움트는
나뭇가지들을 바라보게 하고
아득한 삶이 삶이 아닌 길을 가던
잠시 한눈을 팔았던 눈시울이
흐느끼지 않아도 바닷속까지

꺼져 들어갈 것만 같은
깊이 모를 슬픔에 떨고 있는 생각은
물결 위에 떠 있는 작은 배같이
방향도 없이 이리저리 떠다니는
그리움을 품은 그림자 같아서
머물 수 없는
오솔길 바깥의 오솔길

제2부

정오

그림자까지 태워 버린
태양 아래 적막이 뱀의 허물을 벗기고
매미의 껍질을 벗겨 놓고는

생겼고 생기고 있는
무엇인가를 찾아 나서려고
자신을 자신에게 캐묻고 있는

숲속 개울가에는
물을 마시러 왔을까, 작은 새 한 마리
바위를 건너뛰고 있다

소녀상

발끝에 밟히는 그림자
아무리 크게 발을 내디뎌도
제 그림자를 넘어설 수 없는
그것이,
목 매인 송아지처럼
오도 가도 못하게 하는
속수무책인 그녀의 눈빛은
겨울 하늘처럼 차갑고
삭막하게 다가오는 얼굴은
무쇠를 부어서 빚어낸 것처럼
굳어 보이고
혼미가 혼미를 부르는 표정은
제관에게 운명을 맡긴 듯
몸과 마음을 풀어놓은 미소를 짓고 있어
아찔하게 손짓해 오는 것이 있다
도드라진 젖가슴
바둥거리는 사지
통통하고 하얀 종아리

영혼을 잃어버린

미소가 말을 걸어오는
목소리 없는 말들이
우리들 안에서
가슴을 아리게 만드는
소용돌이 밖에는
흰나비 한 마리가 칠락팔락
날아가고 있다

오일장 장거리

소리와 소리 또 소리
언제나와 다름없이 꿀벌처럼
잉잉거리는 소리 활기찬
날갯짓같이 분주하게 돌아가는
삶들이 가득 차 있다

끝나지 않는
끊이지 않는
소리 자체가 삶인 듯
죽은 시간을 살려 내는
깡마른 얼굴에는

아픔이 가시처럼 돋아나고
극복하지 못한 지난날이
그림자처럼 주변을 맴돌고 있는
시장 바닥에는
화살이 날아오고
총알이 날아오고

한시도 마음을 놓을 수 없는

급한 불을 끄다가 볼일 다 보는
소리와 소리들 바깥에서는
밤비 오는 소리

장거리에는
소리가 소리를 불러오는
잉잉거리는 소리로 가득하다

노점상 할머니

허리뿐만이 아니다
손가락 마디마디가 모두 구부정하다
하얀 머리칼이
어떤 공포와 치욕을 견디고 있는
이마의 굵은 주름살이 골짜기를 이루고 있는
삶의 골짜기에서 죽기보다 살기가 힘이 든 듯
목구멍에서 나는 단내는
노점상에 쭈그리고 앉아 야채를 다듬고
가끔 먼 곳을 바라보는 할머니 눈빛 속에는
지나온 날들이 골짜기 바깥을 지나
달빛에 함빡 젖은 초가집 장지문과
장독대 질그릇에 지난 삶들이 눈물처럼 흐르고
별을 밟고 돌아오는 농사일의 하루하루
봄풀 같은 그리움이 짙은 기다림같이 지나가는
눈물 골짜기에서
생을 생으로 만드는 무리에서 떨어진
한 마리 짐승같이 온몸으로 쏟아 내는 신음이
새빨갛게 노을 지고 있다
짙은 한恨같이

애인

지평선은 수평선은 무지개는
지금 몽롱한 의식의 흐름은

기억 속에 담아 놓고 싶은
한 장의 사진,

언제나 불러내
보아도 보아도 질리지 않아서

만지작거리다 보면
데리고 살고 싶은 당신,

서울역

환하게 불이 켜져 있는 역사와 어둠 속에 떠 있는 빨갛
고 노란
신호등과 낯설고 위협적인 빛깔과 소리

어둠과 불빛과 그림자와 오고 가는 사람들과
교차하는 움직임들이 얼기설기 오고 간다

지나간다,
신호등인 듯 빛깔과 소리인 듯 이마에 불을 켜고 간다,
몸부림같이
매 순간 살아 본 적이 없는 것들로 가득한 역사 바깥으로

바다에 떠밀면 물에 빠져 타 죽고 불 속에 던지면 빠져 죽
을 수밖에 없는
무력한 삶들이 하루살이 같은 날갯짓을 하면서

세월

밤과 새벽 사이에서 몸부림치는
어둠의 아가리 속을 뚫고 질주하는
빛처럼,

새 한 마리 날아간다.

아름다움

갓 태어난 송아지
어미가 정성스레 핥아 주자
벌떡 일어나 젖꼭지를 물고는
쿡쿡 쥐어박는다

젖을 물리고 있는
어미의 눈, 목마름이
하염없이 빛나는 보석같이
눈길을 끄는

삶의 응답처럼 빛나는
아무것도 덧붙일 게 없는
아름다움이 하늘과 땅
구석구석까지 메우고 있는

외양간 바깥에서는
무한이 서 있을 자리가 없어
울다 가고, 진리는
꼬리를 감추고 달아나면서
개처럼 컹컹 짖어 댄다

\>

아름다움이 거울처럼 다가와
눈 코 입 발바닥까지 보여 주는
그늘진 전율 속에는
모든 것이 숨겨져 있는
한낮의 달빛처럼
우리들 사이사이를 지나가는

사방은 어두워지기 시작했다
논에서는 개구리 우는 소리
산에서는 뻐꾸기가 운다

그곳

그곳에 가면
아무것도 없다 한다.

높고 낮음도 없고
길고 짧음도 없고
부모 잃은 자식도 자식 잃은 부모도 없고
옳고 그름도 없다고 한다.

그리 보면 그리 있는 그곳은
내 안에도 있고
네 안에도 있고
너와 나 사이, 바깥에도 있어

너와 나
함께 살아 내야 하는 삶
삶의 방편같이
우리가 만들어 놓은 공간은 아닐까 하는

생과 사 그 틈바구니의 빛깔같이
사사건건 본색을 드러내게 하는 빛처럼

유일한 바람으로 있다.

그리 보이기에 그리 보이듯이 있다.

도시의 애수

미풍에 흔들리는 가로수는
달콤하고 슬프게 사람들을 매혹하고
밤마다 선명해지는 네온사인은
거리마다 사람들로 붐비게 하는

언제부터인가
밤하늘 별빛마저 꺼져 가는
그림자까지 지워져 가는 어둠 속에서
길을 잃고 방황하는
삶의 공간이 줄어들고 얄팍해지는
자신감이 흔들리는

슬픈 시름이
어떤 것이 되어야 하는 움직임같이
네온사인에 달라붙는 부나비같이
쌓인 시름을 폭발시켜 발산하는
빛의 파동을 따라 가려는 양심을 불러내는

부름의 바깥에는
지난 일들이 신다 버린 신발처럼 굴러다니고

자석에 붙어 나오는 녹슨 쇠붙이처럼
주렁주렁 매달려 나오는 망각들이 불러 세우는

거기에 서 있는
가로등 불빛이 그림자를 만드는
섬뜩함이 불안을 만드는
도시의 애수, 그 안에서 살아가는

한밤의 정적이
새로운 경험처럼 심장을 죄듯 스며드는
도시는 외로움에서 필사적으로 도주하려는
사랑과 진실의 전쟁터 아닐까

도심의 밤길에는

어디든 가야 하고
멈추어서는 안 되는 삶들이
사방에서 밀려오는
어둠을 헤치고 밤바람에
마음 자락 나부끼는 소리
소리가 소리를 흔드는
길 한편에는
명멸하는 불빛들이
뿌리치기 어려운 묘하게
강인한 것들이
영혼을 파고드는 주술같이
아득한 종소리같이
어둠을 핥고는 물러가고
핥고는 물러가는
안타까운 갈증에 몸부림치듯
삶들은
삶이, 삶이 아니게 되어 가는
공포스러운 바람에 흔들리는
상처 입은 나비같이
얽히고설킨 전선들

샛길을 날아가는
그림자가 슬픈
도심의 밤길에는
움직이는 움직임의 소리만이
날갯짓하고 있다

소문 같은 바람 소리

말하는 것 생각하는 것이
옳고 그름이
사람 사는 일이
귀신 씻나락 까먹는 소리같이 들리는

바람결 속에는
저 푸른 하늘을 흐르는 천심과
흉기부터 앞장세운 물질문명이 오고 가고

찌푸린 잿빛 구름 속으로 숨어 버린 해와
흙먼지를 일으키며 들판에 부는 바람,

바람결 속에는
풀잎의 이슬 같은 사람과
여음을 울리면서 퍼지는 종소리

제3부

간다,

기차를 타고 전철을 타고
달리는 차 안에서도 걷고 또 걸으며 간다

짙고 짙은 삶에서
쫓아내 버리고 싶은 것들과
곁에 꼭 잡아 놓고 싶은 것들이 소용돌이치는
혼란과 목마름이
사람답게 살지 못하는 한풀이같이
하나님을 만들어 내고
귀신을 만들어 내고
영웅을 만들어 내는
시간을 잡아먹으며 앞을 향해
한 발 한 발 내딛는, 걸어가는

사방에는 네온사인과 불빛
거대한 도시는 무지개에 싸인 듯
찬란하게 소용돌이친다
완숙한 과일 향기 같기도 하고
부패하기 시작한 향기와도 같은
입김을 풍기는, 그곳을

오가는 사람들 모두는 금빛 황혼의 사람같이
설레면서 끊임없이 갈등하면서
밤을 맞이할 차비를 하고 꿈꾸는 듯
걸어가고 있다

생과 사가 어찌 인간만의 것일까마는
사람들은 무엇을 사색하며 무엇에 도전한다는 것인지
한이 맺힌 곳에 또 한을 맺게 하는 슬픔
방 한 칸의 공간밖에 없는 하루해가 견디기 어려운지
검푸르게 자란 벼가 미친 것처럼 바람에 나부대듯
이리저리 나부대며 가는

슬픈 걸음걸이가 파고드는 염려는
애잔하게 기다리는 것들이
행여 어젯밤에 찾아오지나 않았을까
왔다가 그냥 헛걸음질하고 돌아가지나 않았을까
꼬리에 꼬리를 물고 나지막하게 울리는
종소리의 여음을 따라간다

이해할 수 없는 것을 이해하면서

무엇이 문제인지 알지 못하면서
애매함을 거머잡고
자신을 앞질러 간다
자신을
살아 있도록 하는 길을 간다

삶의 뿌리

머물 수 없는 떠도는
바깥의 내밀성을 찾아가는 시련이
우리를 이끄는지도 모른다

뿌리치기 어려운
묘하게 강인한 것이
갈 곳이 막연할 때는 찾아가게 하고
따라가면 안 된다는 생각을 하면서도
끝내는 찾아가게 되는

길켠에는
명멸하는 창가의 불빛이
때때로 가냘프게 날갯짓하고
한낮의 촛불같이 희미해지는
하늘에서는 초승달이
심장을 꿰는 갈고리처럼
날카롭게 빛나고 있는

위협적인 것들 앞에서
열리지 않는 벽을 두드려 본들

다 무슨 소용인가
눈을 지그시 감고 웃는
모골을 쑤시는 것 같은 허무의 순간들이
마치 사물인 것처럼 흘러가는

공포에 처해 있는 불안이 움켜쥐는
아무것도 아닌 것들이 안절부절못하게 하는
삶의 뿌리를 찾아 삶을 앞질러 가는
흔들림에 둘러싸인 질문 같다

그날

몸과 마음이 다 망가져서
자지러져서 낙엽과도 같은
그날,
삶이 바닥을 치는 소리
소리가 소리를 덮쳐 쟁쟁쟁 울리는
여음이 지난날을 불러 세우는

모두가 다 후회스러운 일뿐인데
그 후회스러운 날들이 그리운 것은
삶이 끝나는 곳을 생각하게 하는
거울에 비친 마음의 굴절들이었다

뜨거운 눈물을 흘리는 본능이
가치의 반전을 일으키는, 순간
외로움보다 더 짙은 한 같은 것이
허식도 수식도 할 필요가 없는
제 얼굴을 내밀고

몸으로 발바닥으로 익힌
당당함으로 비상하려는

희망과 긍지에 넘치는 몸부림
발바닥 밑에 무엇이 있는가 살피는

너무 서러워서 흘리고
너무 좋아서 흘리는 눈물이
반짝이는 날이었다

발자국

머릿속
세월에 찍힌 발자국들이
짐승의 울음같이 적막을 깨트리고
나뭇잎을 흔드는 창문 바깥에는
산마루에 걸린 노을이
이야기처럼 붉은 천을 짜 내고 있다

괜스레 코허리가 시큰거리는
지난날들의 씨줄과 날줄들이 휘몰고 지나가는
간절함에서 오는 눈물 같은 것이
무르익은 봄날 보라 꽃 같은 것이 뼛골까지 스며드는
쓸쓸함을 다 알아 버린 모습으로 짜 내는
비단 같다

외로운 섬 같기도 하고
절망하고 지쳐 버린 나그네 같기도 하고
곧 죽어 버릴 사람 같기도 하고……
감상적인 상념이 간단없이 지나가는데
밤을 맞이할 준비를 하고 꿈꾸듯 찬가를 부르는

>

별들의 화음
사랑의 눈빛이

서로 입을 맞추듯 반짝이는
달콤함이 뿜어내는
씨줄과 날줄에 찍혀 있는 지워지지 않는 것들이
무늬를 만드는, 번민하는
창문만 바라보다 죽을지도 모르는
죽음에서 빠져나가려는 슬픔이 짜 내는
비단일지도 모른다는, 생각을 하는

달빛 아래
아득한 수평선에 걸린
공포가 만들어 내는 파도에 쓸리고 쓸리면서도
끝끝내 빠져나가지 못하고 발아래 쓰러져 있는
발자국에 기대어 살아가는
비단을 걸친 허수아비처럼 바람을 흔들고 있는
만장같이 펄럭이는 힘으로
삶을 지탱하는 내 몸을 받치고 있다

가로등 불빛

말로써는 말할 수 없는 이야기인 듯 불을 밝히고 있는
어둠 속에는

가로등이 울고, 첫사랑이 울고
암내 내는 고양이 울음소리와 아찔하게 손짓해 오는 허
무의 아가리

모든 것이 와그르르 무너지는
애간장과 영악한 눈알과 발톱과 날마다 깊은 뿌리를 쓸
어 대는
톱질 소리

그런 가로등 불빛 바깥에는
달려든 몇 마리 개미로 꿈틀거리는 굼벵이와 바람과 함
께 문풍지가 우는
법당과 팔아먹을 것이 피와 땀밖에 없는 사람들과 기다림
을 기다리는 기다림이

깊은 밤 도시는

깊은 밤 도시는
어둠을 뚫고 간다

사악한 음모가 꿈틀거리는
덧없는 집념의 망령들이 모퉁이를 돌아가고 있는
번들거리는 눈빛
네온사인과 가로등

너에 대한 나의 관계
우리에 대한 나의 관계
너희들에 대한 우리들의 관계
모든 관계의 어둠 속을 뚫고 뚫는

도시는
바깥 없는 어둠 속에 떠 있는
빨갛고 파란 신호등
빛깔과 소리에 밀리고 밀려서
빙빙 도는 것은 아닐까

정수리를 가르며 다가오는

세월은 세월을 기다리게 하고
욕망은 욕망을 기다리게 하는
잠도 자지 않고 꿈도 꾸지 않는
어둠이 자연인 양 깊은
밤을 가고 있는 것은 아닐까

그 어둠 속에 갇힌 우리는
어디로 가는지 알지 못하고
조금씩 얇아지는 것은 아닐까
지상을 떠나가는 것은 아닐까 하고
죽음의 그림자를 지켜보는
시간이 잔인한 고문을 하는

창 바깥에서 문을 두드리는
어둠은 무엇을 말하고 싶은 것일까

그림자를 깔고 앉아 토해 내는
죽음도 삶도 아닌
제 살을 물어뜯는 견딤의 살점들
피범벅 꿈속에서

휴식 없는 잠 속에서 우리는
언제쯤 깨어날 수 있을까

깊은 밤 도시의 어둠은
시간이며 공간, 사건들을 말끔히 지워 버리는
단절감 같았다, 모든 것이 다시 일어나는

노을

짧은 생애
풀잎에 맺힌 이슬처럼
영롱하고 고귀하고 찰나 같은
생명 때문에 고통스러운 순간마다
바깥을 떠도는 시련 속에서 태어나는
욕망과 꿈들이 상기시키는
그리움을 품은 삶으로 지탱하는
순간순간과 격투를 벌이는

하늘이 새빨갛게 노을 지고 있다
구름이 미세하게 움직이고 있다
쓰러지는 낮과 달려드는 밤의
무시무시한 격투가 벌어지고 있는
시계 속의 공간이 그림인 양 아름답다

보고 있는 것만으로도
살과 피부가 하나같이 떨리는
지금까지 살아온 삶 속에서 미쳐 날뛰는
숨이 턱턱 막히는
아득한 바깥, 무한 안에서

헤아릴 수 없는 것들을 헤아리고
또 헤아리게 하는 자극을 주는

한 폭의 그림같이
하늘에 걸려 있는 노을의 아름다움은
진리보다 높은 곳에서 빛나고,

굽은 길

삶의 굽은 길 저 바깥에서 들려오는
그게 무엇이든 귀를 기울이게 하는 귀를 시리게 하는
생과 사 그 틈바구니에는 거미줄 같은
신경 줄이 나를 묶어 버리는

내 몸과 다를 바 없는 어떤 것들이
나를 울려 놓고는
아무것도 아니라는 듯이
바람처럼 지나간다

작동하는 생명력의 숨결같이
수수께끼 같은 메아리같이
헤어날 수 없는 질문을 던져 놓고는
능청스러우리만큼 조이고 풀기도 하는

삶이 삶이 아닌 내 삶에 싫증 난 싫증이
벽 없는 벽 앞에서 벽이 무너지길 기다리는 기다림이

이것 또는 저것
이것도 저것도 아닌 먼지처럼

바깥의 내밀성을 찾아가는
인간적이라고 말하기 어려운 시간 속에서
울부짖는

간밤에는 산속의 모든 영신
무덤 속의 모든 망령들이 합세하여 울부짖듯 바람은
석벽을 내리치고 나무를 송두리째 뽑아 버릴 듯이
날뛰더니, 새벽에는 소리 없이 눈이 내렸다

길이란 길은 다 지워 버리고
눈이 부시도록 새하얗게 빛나고 있었다

연민은

외로움은 아니었다
우수도 아니었다

갈 길을 잊은 채 바라보는 아득함이 벌레처럼 꿈틀거린다
금방이라도 갉아먹을 듯이

어둠 속의 고양이가 반딧불에 덤벼 보는 것처럼
실망스러운 일들이 사로잡았다가 놓아주곤 하는 벌레같
이 달려들고 있다

덧없이 가는 시간 속의 몸부림이었는지
고인 물을 파도치게 하는 충동이었는지
이빨 없는 이빨로 오물거리는

그날그날을 갉아먹는 것들이 오늘도 어제처럼
아득함 속으로 뻗어 내리는지 낡은 책상머리를 떠나지
못하고
머물러 있는, 염려가 염려를 하는 연민

처음에는 번번이 꿈속에서 울었고

몇 달에 한 번씩 몇 년 만에 한 번씩 그리고 수십 년 세
월이 흘러서
　지금은 겁에 질려 무엇을 향해 끌려가며 시달리는

　그때마다 눈앞이 아득한
　눈 아래 그늘은 달빛에 함빡 젖어 있다

　봄풀 같은 그리움이 다독이는 연민은
　시간을 앞서가는 고통처럼 다가오는 외로움이었다

기다림을 기다리는

하고 싶어도 하지 못하고
해야 하기 때문에 하는
삶에 갇혀 사는 삶은
내 삶이 아니다. 누구의 삶일까

베풀어 주고 던져 주고 먹여 주는
헤아림에 몸짓 하나 더하지 못하고
염치없이 받아먹은 것이
왜 그리도 많은지, 내가 없는 삶은

알아챌 수 없는
결단의 영역 그 너머에서 드러나는
거부할 수 없는 결말을 가지고
나보다 더 나같이 내 안에서 살아가는
위협적인 고통에 시달리는

우애 같은 우호 속에서
바깥의 사유 한가운데로 몰아넣고는
너는 바로 이렇지
바로 이것이 네가 생각하는 것이지

비난과 찬양으로 위협하는

누구인지도 모르는 누구를 알려고
파편화되어 가는 생각들이 흩어지는
시간의 길 위에서 표류하는
기다림을 기다리는 내 삶은
입을 다물지 못하는 치명적인
침묵을 듣고 또 듣는다. 이름 없는
이름같이 들리는

낯선 거리

보이지도 않고 들리지도 않는 어떤 것이
숨통을 조여 오는 문풍지가 울고
바람 지나가는 소리가 들리는 세월은
제 마음대로 흐르고, 방문 문종이는 옥색으로
어둠을 밀어내는 이야기같이
눈앞에 다가오는 현실같이
말이 아닌 말, 언어의 끝에서
우애 같은 우호 속에서 삶을 위협하는

이것을 무엇이라 말해야 할까

오랫동안 뭉쳐진 생명의 응어리같이
깊이 모를 슬픔이 전신을 떨게 하고
외로운 현재가 희망에 매달리는 고통만이
끝없는 길을 만들고 있는 눈물겨움
마음속 밑바닥을 맴돌며 신음하는 낯선 거리
거리 바깥에서 꿈을 꾸는

이것을 무엇이라 말해야 할까

\>

천연스럽게 흘러가는 시간,
그 몸을 열고 들어가면 알 수는 있을까
처음부터 거기에 있는 숨소리같이
실낱같은 생명이 끊겼다 이어지곤 하는
누군가를 기다리고 있는
정수리를 간질이고 있는 배꼽 같은

이름 없는 것들

아무도 모르게 오고 간다
한가하게 길바닥에 누워 있는 세월
흔들기도 하고 발길로 차기도 하면서

아무것도 아닌 것같이
계절처럼 오고 가면서
허약한 놈 있으면 잡아먹고
나머지는 부려 먹는
무법의 벌판을 만들어 내는

이름 없는 것들은
제 삶을 물어뜯게 하는
천하의 악종같이 두려움을 안겨 주면서
우리들 안과 바깥에 꽉 차 있다

어디든 빈틈없이 메우고 있는 야성같이
젖꼭지를 물리고 있는 어머니 마음같이
주먹질하고 치대고 쓰다듬고 어루만지는
그늘 없는 삶의 길을 오고 간다

>

어디쯤 가야

너를 울리고 나를 울리면서 오고 가는

그림자 같은 이야기라도 들을 수는 있을까

아, 하고 나를 되돌아보게 하는

삶은

산짐승, 날짐승
벌레들의 입김
땅이 부풀고 까부라지는 소리
물줄기가 뻗는 소리
이 비밀의 뜻을 누가 알까마는
새 한 마리 해 떨어지는 곳을 향해
화살같이 날아가는

자심함이 몰아대고 흐르며 움직이는
머나먼 지평선 같은 시간, 정신이 고꾸라지고
살아갈 길이 막막할 때, 도처에서 스며드는
그리움이 숨 쉴 통로같이 꿈틀거리는

길을 가다 보면
배가 터진 개구리가 바닥에 굴러다니고
도랑물에는 흘러가는 햇빛이 희번덕이고
사람이 지나가고 불빛이 지나가고
길 속의 길이 지나간다

그림자 없는 것들에 기대고 살아가려 하는

삶은, 하수구를 들락거리며 밥풀을 주워 먹는
한 마리 쥐같이
쓰레기가 되어 간다는 기분같이
다가오는 순간순간들을 앞에 두고

그럴 수는 없다
그럴 수는 없다
궁색하기 짝이 없는 변명을 하는
눈물 나는 기억들이 돌고 도는
달아나도 달아나도 돌아와
내 몸이 열릴 때까지 두드리는

저 들판의 까마귀 떼들은
무슨 흉계를 꾸미려고 날아오르고 날아내리는지
삶의 부재 같은 것이 어둠을 몰고 오는
불안함이 부름을 부르는 부름이 시름같이
어둠을 거머쥐고 놓지 않는, 둘러보는

멀리, 저 아래
바다는 잠긴 호수같이

물감을 풀어놓은 것같이
푸르고 평온하다

항구에는 입항하는 뱃고동 소리
나는 갈매기

제4부

오고 가는 말 속에는

누구의 탓으로 돌린다는 것은
네가 없다는 얘기가 되고
네가 없다는 것은 죽은 거다

네가 죽은 자리,

그 자리가, 바로
새 희망이 태어나는 장소라는 것을
너만 모르고 있는

오고 가는 말 속에는
뼈 이상의 무엇이, 세월이
순수한 주술 같고

병실에서 2

항암 혈관주사를 맞고 있는
방바닥이며 천장
나를 둘러싼 광경이
현실인지 아닌지 의심스러운
몽롱한 의식의 흐름만이
이리저리 나부대는

발끝에 밟히는
목숨 있는 모든 것의 숨소리
살아 있는 소리
억겁의 소리 그리고 빛깔이
살살 스며드는 소리
시간을 앞질러 가는 불안 속에서

웃어야 할지 울어야 할지
살아야지
살아야지 하고
울고 웃던 지난날들이
달빛 받은 강물에 일렁이는
그 쓸쓸함같이

밤하늘 별을 헤아리게 하는

황혼의 그림자를 깔고 누운
짙고 짙은 삶,
목숨에서 우러난 목마름이
불쑥불쑥 나타나 깜박깜박하는

피리 소리 같은 샛바람 소리를 듣는
나를 받아 내는 그림자
지혜로운 어둠이 풀리고 부서지고
흩어지는 달빛 같다

사는 동안 처음 보는 달빛
보는 순간 왈칵 쏟아지는 눈물 속에
한 아이의 해맑은 얼굴이
웃고 있는

강기슭은 봄 아지랑이에 녹아들고
구름은 한가롭게 강물 따라 떠내려가고 있는
무르익은 봄날

무엇이든 거머잡고 싶은
병실에서

폐가에서

돌담은 무너지고
풀이 돋아난 마당에는
옹기가 부서진 것
사금파리가 어지럽게 널려 있다

더 이상 접근할 수 없는 거리에서
눈앞에 펼쳐지는 애처로움이 불러내는
삶의 가름길에는 안개가 자욱이 끼어 있고
회오리바람이 불고 흙먼지가 이는
끝도 없고 시작도 없는 망상이
꼬리에 꼬리를 물고, 의식을
낯선 곳으로 몰고 간다

뜬구름같이 덧없는 인연의 슬픔이
강물을 물들여 놓고 해는 떨어지는데
숲에서 시작한 어둠은 뜨락에 서서히 밀려오고
사방은 본시의 적막한 곳으로 돌아가는
어둠이 오기 전에 달이 떴다
사라져야 할 밝음과 나타난 달빛이 서로 겨루듯
잠시 사방은 옅은 회 색깔로 변하더니, 여광은

아주 자취를 감추어 버리고, 달은
산허리에 솟아올라 은가루 같은 빛을 뿌린다

하늘과 땅덩어리는
끝과 끝을 꽉 물려 놓은 것처럼
완강하고 팽팽하게 정지하고 있는
공간이 찢어지게 매미는 울고 구름 뭉치는
어느새 새 층으로 변하여 서서히 움직이는
세월은 어느 통로를 거쳐서 지나가고 있는 것일까
몇 번이나 간절한 마음을 담아 바라보았으나
눈에 잡히는 것은 모두가 손에 잡히지 않는
고통뿐이다

바닥 모를 허무의 아가리 속에서
들려오는
법고는 미쳤다
미쳐 날뛰고 있다
백팔번뇌를
무량겁의 번뇌를
잠시 잊을 만한 미친 소리

저 법고 소리처럼
잠시 미쳐서 살았을까

마음에는
장마철 하늘처럼 검은 구름이 덮쳐 오고
사람이 지나가고 불빛이 지나가고
눈은 떴지만 몸은 깨어나지 않는
어둠 속을 더듬는, 그곳에 모셔 놓은
엄마의 무덤을 생각하기도 했다
비탈진 길을 자꾸 올라가면
앙상한 소나무와 오리나무가 몇 그루 있고
그곳에서 또 한참을 가면 무덤이 있다

기름 떨어진 호롱불의 심지처럼
기름 아닌 심지를 태우고 있는
끈질기게 심지를 태우고 있는
실낱같은 생명이 끊겼다 이어지곤 하면서도
누군가를 기다리곤 하던 모습으로 있다

생과 사 그 틈바구니의 빛깔같이 반짝이는

사사건건 귀를 세우고 있는 파편들
누구를 닮았을까
입에 뱅뱅 돌면서 생각나지 않는 이름 같아서
물음만이 제기되고 있는
수수께끼를 던져 주고 있는
내보이고 있는 것이 무엇인지에 대해서
마음을 빼앗기고 있는 바깥에는

무슨 새일까 새 한 마리가
해 떨어진 곳을 향해 화살같이 날아가고
깊어져 있는 폐가의 그늘 속에는
거미줄에 걸린 하루살이들이 몸부림치고
바람만 울어 대는 하늘에는
또렷또렷 박혀 있는 별 몇 알이
슬픔같이 지난 일들같이 반짝이고 있는

숨었다가 나타나고
나타났다 숨곤 하는
애처로움이 어둠 속에서
손에 익은 망치를 들고 반짝이는

눈빛같이 살아 움직이는 적막이
허물을 벗고 있다

마음을 움직이고 있는 친밀감이
정체 모를 공포 같은 것이 싸아 하고 지나가는
이 모든 것이 삶이고 죽음이고 탄생인 것같이
마음속에 살아 움직이는 폐가에서

그림자처럼

저기 저 하늘에
깜박깜박하는
떼어 내려야 떼어 낼 수 없는
달무리 같고 무지개 같고 환상 같은 것들이
나를 내 바깥으로 몰아내는
아무도 살지 않는 이야기 같은 곳에는
밤과 낮을 굴리고 꿈을 굴리는
죽은 자의 얼굴 같은 것들이

조금씩 잃어 가며 살아가는
자기 자신도 잃어 가며 살아가는
잃은 것들의 시체인 추억까지 잃어버리는
죽음 앞에서 눈을 뜨게 하는
문풍지를 울리고 있다, 바람 지나가는
소리 들린다

꿈이 아니다
눈앞에 다가오는 현실이다
소리 속으로 돌진해 오는
천둥 번개 같은 순간순간들

어떤 것이 북소리이고 어떤 것이 장구 소리인지
구분할 수 있다면, 같이
한판 놀아 볼 수 있을 텐데, 하는
생각만이

시간을 견디는 몸부림같이
어둠 속에 도사리고 앉아
사람 하나 다니지 않는 길을 따라
끝없이 지나가는 빛살과 더불어 나타나는
세월 속에서 삶을 위해
살아 낼 몸을 챙기고 건강을 챙기고
스스로 놀이판을 만들어 내는
마당놀이를 한다

생명을 숨 쉬게 하는
갈래갈래 퍼지는 삶의 분주함이
합창으로 들릴 때까지
소리 높여 부르는 노래가 생각이
내가 나에게 손을 내밀게 하는
고통받고 고통을 주는

죽음에 무지한 말과 글들이
등에 짊어진 삶이 죽음이고 죽음이 삶인
무게 때문에 죽을 수밖에 없는

그 무게만큼이나 무겁게
내동댕이쳐진 몽돌같이 달그락거리는
굴러다니는 그곳에 뿌리를 내리고 있는
생명의 빛을 소중히 간직하는, 그림자처럼

지금은
누구도 밟을 수 없는, 바닥에
누워 있다

그 말 한마디

떨어지는 해가 강물을 물들이고
숲에서 시작한 어둠이 서서히 밀려오는 뜨락에 핀
도라지꽃 달맞이꽃처럼

밤하늘 별들이
부엉이를 울리고 나무 그림자를 흔드는

이곳이 어떤 곳인지 연고도 없는
창백하고 애잔한 빛을 따라 살아가는
발바닥 밑에는 무엇이 있는지
무엇으로 꽃을 피울까 하는 가파로운 날들이
자꾸만 손가락질하는

별과 별 사이
안과 바깥 사이

무한 속에는 어슴푸레 빛나는
빛의 기미가 발걸음을 무겁게 만들고
무언가의 응시에 몸서리쳐지는
어떤 것에게도 어떤 것이 되지 않는

아무것도 아닌 것들이 끌고 가는
알 수 없는 곳까지 가야 하는

발바닥, 귀, 눈이 모아 주는
이야기의 줄거리 마음속에서 숨을 쉬는
슬픔이 낯선 거리를 헤맬 때
주체할 수 없는 허전함이 밀려오는 길은
강변을 따라 이어지다가 강변에서 멀어지기도 하고
강물 위에 떠 있는 흰 물새는
하얀 손수건처럼 보이기도 한다

이렇게 날이면 날마다 먼 산 보고 한숨짓는
이것이 어디 할 짓인가 싶은
집 없는 강아지 같고 늘 떠날 차비를 하는 철새 같아
어디 비비고 기댈 곳이라고는 하나도 없는
뜬눈에서 눈물이 나는

견딜 수 없는 미련이 심장을 뛰게 하는
고통스러운 삶의 지름 목에 앉아
강을 보는 것도 산을 보는 것도 아닌 시선이 막연해지는

바깥을 핥고 있는 시간의 침묵 속에서
바람결같이 갈대가 흔들리는 소리같이 들려오는

모든 건 부질없는 가능성,
원본 없이도 강물은 흐르고 바람은 분다는
그 말 한마디

우리와 우리 사이 끝없이 흐르는 강물과 바람같이
우수가 흐르면서 작아지고 커지는 가느다란 울음소리같이
산을 넘고 능선을 넘어가는
안과 바깥이 무섭고 무한도 무섭고 해서
날아다니는 새가 될까 하고 궁리 중인 나는

그리움

사로잡혔다
길들여졌다
아무 곳에도 뿌리를 내리지 못하고
화살같이 날아가고 싶은 충동만이
텅 빈 벌판, 외로운 새 한 마리처럼
눈망울만 굴리고 있는

눈 아래 그늘은
이 세상 끝에 홀로 서 있는
한 사내의 외로움 같고
울어 대는 밤새 소리같이
짙은 우수가 흐르는

생기生起가 질병처럼 스며들어
험한 길 외로운 길로 내모는 바람같이
내 안에서 뛰고 솟구치고 몸부림치고
살아 보지 않은 삶을 열어젖히는

그리움이 그리움을 열망하는
그리움은 내가 살아가는 힘같이

행복하고도 고통스러운 외로움같이
설레설레 고개를 흔들게 하는

몰아치는 의욕이 의욕을 만드는
끊임없이 삶을 삶으로 만들어 가는
내 능력으로 내가 살아가는
썩지 않은 씨앗 같은 힘을 준다.

고목의 그늘에 앉아

허공에서 들려오는 소리였는지
내 의식 밑바닥에서 우러나오는 소리였는지
비 온 뒤 햇살 받은 새순처럼 싱그럽게 들리는
알 수 없는 소리는

생각하지 않고
말하지 않고
만들지 않아도
꽃들에게 향기를 내뿜게 하고
새들에게 노래를 부르게 하는

순간순간마다 다르게 들리는
리듬이 하늘을 떠돌며 흐르는
그 속에 갇혀 어디로 가는지도 모르고
가고 있는

산은 오를수록 높고
강은 건널수록 깊고 넓어서
고통스럽게 들리는 들림이 발산하는
선율에 춤을 추는

고목의 그늘에 앉아

대답 없는
엄마, 엄마를 부르는
나는

문상

지그시 눈을 감고
망자의 복락을 빌려 했으나
어느덧 마음은
사람이라고는 찾을 수 없는
삶의 가름길에 서곤 하는 것이었다

오는 길
가는 길
오고 있는 자는 또 갈 것이고
가고 있는 자는 다시 올 것이다

가고 오는 세월은
바람일까
파도일까

끝도 시작도 없는 망상은
꼬리에 꼬리를 물고
의식을 낯선 곳으로 끌고 가는
망자의 극락왕생은 바람 같고
인연의 슬픔은 파도 같다

\>
사람 사는 것이
스치는 바람에 흔들리고
파도에 밀리는 거품 같아서
어디로 가든
별 볼 일이 있겠나 싶은

창문 바깥에는
고향 탓이었는지
바람은 부드럽고 강물엔
완연한 봄빛이 어려 있었다

흘러가 버린 사람들
남아 있는 사람들이 지나가는
꿈틀거리는 저 풍경이
세월인지, 나날인지, 시각인지

문상 온 사람들 틈에 앉아
국밥 한 그릇 먹어 치우는 삶이
너무도 초라해서 스스로를 아연케 하는
바깥의 안에서 흩어지는 나는

>
마른 논에 물 한 방울처럼
쓸모없는, 아무것도 아닌 내가 슬퍼서
눈물을 흘리고 있었다

시간

눈물도 아니 흘리고
몸짓도 아니 하면서 울부짖는
시간,

언제 어디서 정수리를 내려칠 것인지
당장이라도 허연 이빨을 드러내 달려들 것만 같은
시간에 쫓기듯 살아가는 눈앞에는

여기저기 널려 있는 수많은 죽음들이
선명한 회한의 모습 드러내는, 육박해 오는
아찔아찔한 순간들이 지나가고

헤아릴 수 없는 순간들이 물어뜯어 놓은 상처들은
아직 오지 않은 순간과 더 이상 오지 않을 순간 사이에서
치료할 새로운 처방을 찾느라 춤을 추는

시간의 한복판에서 밀려나지 않으려는
눈물겨운 사투가 삶의 전부인 양 둔갑하는
결핍이 시간을 만들고 있다

긴 여정 같은 하루해가 걸어 나오는

녹턴 4

어둠이 벗겨지기를 기다리는 어둠같이
있지도 않은 있음 속에서
있음으로 되돌아가려고 하는
세상 바깥에서 끊임없이 되풀이하는
아무것도 아니라고 하는 것들이
우리를 흔드는 하늘은
봄볕에 취한 듯 뿌옇고
멀리 능선 위에는 아지랑이가 일렁이는
아련함 속에서
기쁨이 슬픔이 물결치는 외로움
고통을 만들고 고통이 기다림을 만드는
그늘진 전율이
생명의 응어리같이
심장을 핥고 쪼아 대는
찌르는 듯 따가운 햇볕이
얼음을 녹이는 강물 소리같이
마음 밑바닥에 지하수처럼 흐르고
이제 막 물이 오르는 수목이 봄을 다투는
경련처럼 이는 그리움, 돋아나는
격렬한 감정이 생명의 불꽃을 확인하는

찬바람 속에 서 있다는 느낌이
전신을 떨게 하고 목이 멘다
어둠보다 어두운 어둠이 뼛속까지
스며드는 고통스러운 밤이다
생명의 근원에서 오는 눈물같이
느낄 수 없는 것이 느껴지는,

막걸리 한 사발에

젓가락만 두드릴 수밖에 없는
막걸리 한 사발에
꿈은 해방의 순간을 앞지르고
가락도 없는 젓가락 장단
바라는 것만으로 될 일이라면야
대통령인들 될 수 없을까마는
꽃구름을 탄 것처럼
비극보다 힘든 희극적인 연극을 하는
춥고 추운 얼굴
팔아먹을 것이라고는 땀밖에 없는
아득한 길을 오늘 하루나마 잊는
가락이 이어지고 이어지는
젓가락을 쥐고 있는 손은
추한 것도 아름답게 아름다운 것도 추하게
허파에 바람 빠진 사람처럼 움직이고
뜯어 먹든지 찢어 먹든지
식성 좋은 놈들 마음대로 하라는 듯
아픔이 가시처럼 돋아나는 얼굴에는
그림자처럼 주변을 맴돌고 있는 지난날이
하늘을 짙은 남빛으로 구름을

짙붉은 색깔에서 잿빛으로 물들여 가는
서쪽을 향해 참새 떼는
시끄럽게 지저귀며 날아가고
그리움도 미움도 다 떠나고 없는
젓가락 장단 속에는
거부할 수 없는 것들을 받아들여야 하는
두려움을 신음하는 신음이
춤을 추고

눈물 골짜기

생을 생으로 만들어 가는
삶의 굴곡이
상처 입은 나비같이 날아드는
눈물 골짜기에는
눈물이 없다

생과 사
그 틈바구니의 빛깔 속에서
맨발로 뛰면서 울고
물구나무를 서면서 웃는
안타까운 갈증에 몸부림치는
생으로 하여금 자신을 넘어서게 하는

눈물 골짜기는
생을 살아 내야만 하는
새로운 삶을 찾아가는
꿈은 달콤하고 소망은 치열해서
눈물과 땀으로 살아가는

말똥말똥한 의식

그곳에 먹칠을 하고 싶은
순간의 윤리에서 풀려나려고 하는
의지 내부에서 소용돌이치고 있는
혼란과 목마름이
삶을 잔인하게 고문하는

순간순간마다
마주치는 골짜기
골짜기는 인식의 골짜기
아닐까

해 질 녘이다

노루 꼬리만큼 남아 있던 해는 어느덧 꼬리를 감추고
강물에 노을이 밀려들고 있는

해 질 녘과 밤 사이

마음 밑바닥에서는 지하수처럼 지맥처럼 요동치는 세월이
꿈틀꿈틀 지나가고 흘러가 버린 사람들과 남아 있는 사
람들이
어디론가 가고 있다

가야금 줄을 퉁기는 청아한 소리같이 우는 밤새 소리같이
흐느낌이 되고 통곡이 되는 한탄같이 세상살이를 굽이굽이
넘어간다

목숨 받아 하고많은 슬픈 것들, 정처 없이 표류하는
침묵의 소리, 하늘과 땅 사이 커다란 밤의 아가리 속을 뚫
고 나오는
별빛같이 갈수록 어두워지는 어둠에 갈등하는

작은 주먹으로 때려 부술 수도 없는, 거대한 운명으로 다

가오는

　어둠 앞에, 바위틈 대가리만 내밀고 바깥을 살피는 뱀같이

　도사리고 앉아 사사건건 귀를 세우고 눈을 반짝이는

　행복의 나라로 떠날 배를 타기 위해 뱃머리에 서 있는 아
이같이

　과연 탈 수 있을 것인가, 설레는 설렘이 불안과 초조로 변
해 가는

　해 질 녘이다

가늠할 수 없는 무한의 슬픈 눈
—박종국의 근작들

유성호(문학평론가, 한양대학교 국문과 교수)

1. 박종국 시의 기원과 궁극

박종국 신작 시집 『무한 앞에서』(천년의시작, 2024)는 우리
삶을 에워싸고 있는 사물이나 현상의 이면을 투시하고 발
견하고 명명해 가는 시인 특유의 시선과 필치가 굳건하게
결속한 미학적 성과라고 말할 수 있다. 가령 시인은 적막
혹은 고요로 스스로를 드러내는 비가시적 존재자들을 시
안쪽으로 불러들여 그들만의 고유한 생명력을 부여하고
노래해 간다. 이는 뭇 사물과 현상을 한껏 품으면서 항구
적 생명력을 지켜 온 과정적 존재로서의 자연을 오랫동안
바라보고 직관한 결과일 것이다. 시인은 끊임없이 변화해
가는 자연의 심층 속에서 가시적 세계와 겹쳐 있는 비가시

적 세계를 은은하게 적출하고 그에 걸맞은 언어의 옷을 입혀 간다. 박종국의 시작詩作 과정은 이러한 변화의 역동성 속에 존재하는, 보이지 않고 들리지 않는 세계로부터 이월되어 오는 궁극의 풍경과 소리를 향하고 있는 것이다.

그런가 하면 박종국 시인은 모든 존재자들이 개별적으로 놓여 있는 것이 아니라 다른 것들과 결합하거나 분리하면서 이루어 가는 상호 관계를 매우 중시한다. 그 결합과 분리 과정을 비교적 완미하게 구축하고 있는 물성의 실재가 바로 자연일 터인데, 시인은 거기서 가장 아름다운 존재의 원형을 발견하고 기록해 간다. 박종국의 시는 그러한 생명의 아름다움을 따라가면서 감각적으로는 만날 수 없는 부재의 중심을 향하고 있는 것이다. 말하자면 박종국의 시는 언어 자체가 사라진 심연에서 그 기원(origin)과 궁극이 펼쳐지고 있다. 시집 『무한 앞에서』는 그러한 기획이 높은 철학적 통찰을 수반하면서 펼쳐진 일대 사유의 도록圖錄인 셈이다. 이제 그 세계 안으로 천천히 한 걸음씩 들어가 보도록 하자.

2. 순간성을 통해 가닿는 자연의 완전성과 항구성

박종국 시인에게 '시詩'란 끊임없이 변화하고 이동해 가는 자연의 과정에서 영원성을 발견하려는 역설적 노력의 결정結晶이다. 한순간도 머무르지 않고 변화해 가는 자연은 그 안에 전체성과 항구성을 암시적으로 띠고 있는데, 시인은 그것이 비록 꿈의 형식일지라도, 변화해 가는 사물에 마음을 주면서 그들만의 생명력을 돌올하게 새겨 간다. 이처럼 수많은 타자들과 수평적으로 소통해 가는 마음을 통해 사물들을 드러내고 암시하는 방법이야말로 박종국 시의 양도할 수 없는 본질일 것이다. 다시 말해 침묵과 고요, 그리고 모호한 움직임으로 살아가는 자연의 본래 모습은 시인의 손끝에서 유일하고 신성한 순간을 만들어 가고, 시인이 만난 자연의 풍경이나 순간은 한결같이 원초적이고 궁극적인 아름다움을 향하게 된다. 예컨대 시인이 발견하고 묘사한 봄날의 풍경 안에는 어떻게 그가 전체성의 차원에서 자연을 바라보고 있는지를 알게 해 주는 형상적 고갱이가 충일하게 들어 있다. 다음 시편들을 차례로 읽어 보자.

산과 들,
저 바깥에는
변화무쌍한 구름이 햇빛이
무한한 것들이
나무와 바위 그리고 새싹까지
산들바람처럼 설레게 하는
봄기운을 몰고 와서는
——「봄의 얼굴」 부분

개울물 흐르는 소리
흐르고 돌돌 구르는 소리
청설모 두 마리가 나무를 오르내릴 때
들려오는 소리
울음소리였는지
오르내리는 기척이었는지

바람 가는 곳을 향해
나뭇잎들은 드러눕고 흔들리고
나부끼면서 전율하는
골짜기마다 바위틈에는
철쭉이 터질 듯 봉오리를 물고 있다

—「진달래 지고 철쭉 피다」 부분

　시인은 자연 바깥으로부터 무한한 것들이 몰고 온 변
화무쌍한 현상들을 바라보고 있다. 나무와 바위와 새싹
을 설레게 하는 구름과 햇빛의 봄기운을 형상적으로 아우
른다. 산들바람처럼 설레는 봄기운이야말로 봄을 표징하
는 '얼굴'이 아닐 것인가. 또한 시인은 봄날을 환하게 해
준 진달래가 지고 새로 철쭉이 피어나는 순간을 가능하게
한 것이 자연의 심층에서 울려 나오는 '소리'임을 직관한
다. 그것이 그들의 울음이었는지 기척이었는지 알 수는
없지만, 시인은 바람 가는 곳을 향해 흔들리는 철쭉 봉오
리들을 향해 나아간 소리를 채집함으로써 자연의 전령사

역할을 완성하고 있다. 그 완성의 과정은 "무언가의 이름으로 피고 지는 말들이/ 위대한 비밀처럼/ 산그늘을 만들고" 있는 순간을 담고 있기도 할 것이다. 이 모든 것은 "생명의 빛을 소중히 간직하는, 그림자처럼"(「그림자처럼」) 사물과 현상에 집중하여 "아득함을 향해/ 바깥을 향해"(「가을비」) 나아간 시인의 시선과 필치가 우리로 하여금 "생명의 근원에서 오는 눈물같이/ 느낄 수 없는 것이 느껴지는"(「녹턴 4」) 순간을 경험하게끔 해 준 것이라고 할 수 있다. 다음은 어떠한가.

얼어붙은 시간을 가르고 나오는
따뜻함으로 감싸고돌다 스며드는

봄기운에 강물은
깊이 잠들었다 깨어난 아기처럼
맑고 순해 보이는 미소를 짓고

사람들은 하늘의 기색과
끝없이 드러누운 들판의 색깔에 관심을 쏟는
봄날이 흩어진 병아리를 불러 모으고 있는

산과 들에는
짙고 옅은 빛깔 빛깔들, 도란거리는

서로 다른 생각들이 절정을 이루는

사랑이 꽃을 피우고
꽃들은 능선마다 아지랑이를 피우고 있다
우리 앞에 서 있는 거울처럼

—「봄기운」전문

이번에도 '봄기운'이다. 봄은 얼어붙은 시간을 가르고
따듯함의 순간으로 우리에게 나타난다. 모든 사물에 스
며드는 봄기운에 강물도 아기처럼 맑고 순한 얼굴로 깨어
난다. 그렇게 봄기운에 감싸인 짙고 옅은 빛깔들에는 "서
로 다른 생각들이 절정을 이루는// 사랑"이 어른거린다.
그 사랑의 마음을 감염시키는 자연의 역동성 앞에서 시
인은 그것이 바로 우리 앞에 서 있는 '거울'이라고 노래한
다. 말하자면 "나를 내 바깥으로 몰아내는/ 아무도 살지
않는 이야기 같은 곳"(「그림자처럼」)으로 옮겨 가는 신성하고
도 숭고한 움직임이 바로 봄기운일 터이고, 동시에 그것
은 "누군가를 기다리고 있는/ 정수리를 간질이고 있는 배
꼽 같은"(「낯선 거리」) 원초적 에너지이기도 할 것이다. 박종
국 시인은 그 보이지 않는 에너지의 흐름을 완벽하게 붙
잡아 그 순간성 속에서 자연의 영원성과 항구성을 상상하
고 있는 것이다.
　이처럼 시인은 자연의 미세한 움직임이 모두 전체성의
차원으로 연결되어 있음을 암시하는 시편을 우리에게 줄

곧 건넨다. 개별자들은 전체로부터 분리되어 있지 않고 오로지 전체 속에서만 존재하기 때문이다. 그들은 전체와의 관계 속에서만 스스로의 속성을 견지하고 누린다. 시인은 유한한 생명체에서 완전성을 기대할 수는 없지만 그들이 무한한 것에 참여하는 순간성을 통해 자연의 완전성과 항구성을 증언하고 있는 셈이다. 보이지 않는 차원을 물성의 차원으로 번역하여 우리에게 무한한 것들을 사유하게끔 해 주는 것이다.

3. 소멸의 필연성 속에서 바라보는 생성의 움직임

하이데거(M. Heidegger)는 우리에게 말 걸어오는 존재의 근원적 소리에 응답하는 것이 시인의 책무라고 말한 바 있다. 신성하고도 근원적인 존재가 건네는 말을 받아씀으로써 시인 고유의 직능과 위의威儀를 수행해 갈 수 있다는 뜻일 터이다. 모든 생명이 가장 정직하게 씨를 뿌리고 열매를 거두고 뿌리를 내리는 자연은 그 점에서 그러한 직능과 위의를 실현해 가는 유일무이한 존재론적 현장인 셈이다. 박종국은 자연의 이러한 본령을 누구보다도 선명하게 인지하면서도 그 안에 다양하게 포섭되어 있는 사물의 양태를 포괄해 가는 우리 시단의 독보적 장인匠人이다. 그는 자연의 다양성을 섬세하게 구분하고 배열하면서도 부분들이 전체를 만들어 가는 과정을 관찰하고 사유한다. 소멸을 향해 나아가는 모든 움직임 속에서도 생성의 운동을 바라보고, 우리 스스로 그러한 자연과의 연관성 속에 존재한다는 것을 아슴하게 알려 주고 있다. 소멸의 필연성 속에서 생성의 움직임을 바라보고, 물질적 유한성 속에서 무한을 간취해 내는 상상력이 여기서 태동하는 것이다.

돌담은 무너지고
풀이 돋아난 마당에는
옹기가 부서진 것
사금파리가 어지럽게 널려 있다

…(중략)…

뜬구름같이 덧없는 인연의 슬픔이
강물을 물들여 놓고 해는 떨어지는데
숲에서 시작한 어둠은 뜨락에 서서히 밀려오고
사방은 본시의 적막한 곳으로 돌아가는
어둠이 오기 전에 달이 떴다
사라져야 할 밝음과 나타난 달빛이 서로 겨루듯
잠시 사방은 옅은 회 색깔로 변하더니, 여광은
아주 자취를 감추어 버리고, 달은
산허리에 솟아올라 은가루 같은 빛을 뿌린다

…(중략)…

마음을 움직이고 있는 친밀감이
정체 모를 공포 같은 것이 싸아 하고 지나가는
이 모든 것이 삶이고 죽음이고 탄생인 것같이
마음속에 살아 움직이는 폐가에서

─「폐가에서」 부분

'폐가'는 무너진 돌담, 풀 돋아난 마당, 부서진 옹기 사금파리 등으로 그 외관이 묘사된다. 그야말로 시간의 명백한 패배자로서 "뜬구름같이 덧없는 인연의 슬픔"을 우리에게 건네고 있을 뿐이다. 하지만 시인은 숲에서 시작한 어둠이 밀려와 모든 사물을 적막한 곳으로 돌아가게 하는 시간에 솟아난 달빛 속에서 폐가를 새롭게 바라본다. 그때 "마음을 움직이고 있는 친밀감"이 시인에게 "이 모든 것이 삶이고 죽음이고 탄생인 것"을 알려 주었기 때문이다. 그러니 이제 폐가는 버려진 폐허가 아니라 "마음속에 살아 움직이는" 현장으로 거듭나게 된다. 아닌 게 아니라 시인이 안아 들이고 있는 폐가는 "그림자까지 지워져 가는 어둠 속에서"(「도시의 애수」) 빛을 바라보는 역설의 장소가 아닌가. 일찍이 블랑쇼(M. Blanchot)는 시인의 진정한 재산은 '어둠'이라고 말한 바 있는데, 어둠 가득한 폐가에서 시인은 이미 삶과 죽음, 자연과 인간, 소멸과 생성이 무한한 힘으로 한 몸을 이루고 있음을 발견한 것이다. 폐가를 이

루는 세목들은 모두 스스로의 점착력으로 상호 연결되어
있고, 그곳에서 시인은 "생과 사/ 그 틈바구니의 빛깔 속
에서/ 맨발로 뛰면서 울고/ 물구나무를 서면서 웃는"(「눈물
골짜기」) 순간을 만난다. "말로써는 말할 수 없는 이야기인
듯 불을 밝히고 있는/ 어둠"(「가로등 불빛」)을 품어 안으면서
"여기저기 널려 있는 수많은 죽음들이/ 선명한 회한의 모
습 드러내는, 육박해 오는/ 아찔아찔한 순간들"(「시간」)을
증언하고 있는 것이다.

    항암 혈관주사를 맞고 있는
    방바닥이며 천장
    나를 둘러싼 광경이
    현실인지 아닌지 의심스러운
    몽롱한 의식의 흐름만이
    이리저리 나부대는

    발끝에 밟히는
    목숨 있는 모든 것의 숨소리
    살아 있는 소리
    억겁의 소리 그리고 빛깔이
    살살 스며드는 소리
    시간을 앞질러 가는 불안 속에서

웃어야 할지 울어야 할지
살아야지
살아야지 하고
울고 웃던 지난날들이
달빛 받은 강물에 일렁이는
그 쓸쓸함같이
밤하늘 별을 헤아리게 하는

황혼의 그림자를 깔고 누운
짙고 짙은 삶,
목숨에서 우러난 목마름이
불쑥불쑥 나타나 깜박깜박하는

피리 소리 같은 샛바람 소리를 듣는
나를 받아 내는 그림자
지혜로운 어둠이 풀리고 부서지고
흩어지는 달빛 같다

사는 동안 처음 보는 달빛
보는 순간 왈칵 쏟아지는 눈물 속에
한 아이의 해맑은 얼굴이
웃고 있는

강기슭은 봄 아지랑이에 녹아들고

구름은 한가롭게 강물 따라 떠내려가고 있는

무르익은 봄날

무엇이든 거머잡고 싶은

병실에서

—「병실에서 2」 전문

'폐가'가 시간성의 사후적 폐허였다면 이제 '병실'은 개인에게 찾아온 신체성의 현재적 적소適所일 것이다. 그곳 일상은 "항암 혈관주사"나 "목숨에서 우러난 목마름" 같은 것들로 구성되어 있다. 시인은 순간순간 "몽롱한 의식의 흐름"을 느끼지만 "발끝에 밟히는/ 목숨 있는 모든 것의 숨소리"를 "살아 있는 소리/ 억겁의 소리 그리고 빛깔이/ 살살 스며드는 소리"로 듣는 굳은 의지를 견지하고 있다. 때로 밤하늘의 별까지 헤아리게 하는 그 "짙고 짙은 삶"이야말로 "피리 소리 같은 샛바람 소리를 듣는" 순간을 가져온 궁극적 동력이 아니었겠는가. 그래서 시인은 "사는 동안 처음 보는 달빛"을 만나면서 "왈칵 쏟아지는 눈물 속에/ 한 아이의 해맑은 얼굴"을 떠올린다. 모든 순간이 소멸해 가는 병실에서 시인은 그 공포를 넘어 아이처럼 해맑은 봄날의 순간을 붙잡은 것이다. "봄풀 같은 그리움이 다 독이는 연민"(「연민은」)을 품고 "삶의 길바닥 움푹 파인/ 웅덩이가 불러 세우는/ 부름 앞에서 무너져 내린"(「웅덩이」) 순간을 거머잡은 것이다.

베르그송(H. Bergson)에 의하면 현재는 과거를 재생하면서 다양하고 새롭게 창조되고 진화해 간다. 그는 시간의 정수는 흘러가는 것에 있으며, 그 흐름은 한순간도 정지하지 않는다고 단언했다. 또한 시간은 물질, 운동, 공간을 받아들이면서 흘러가는데, 그 순수 지속의 흐름 속에서 모든 것이 내재하고 공존한다고 하였다. 박종국의 시는 단 한 순간도 정지하지 않는 시간의 순수 지속 속에 존재하는 생명의 운동을 담아낸 동반자의 언어이다. 그는 이로써 자신이 써 가는 '시'가 은밀한 생명체임을 입증해 간다. 아무것도 없을 때도 존재하고, 부재의 깊은 중심으로부터 나오는 인식 불가능의 경계선을 향해 나아가는 생명체가 바로 박종국의 시인 셈이다. 그것은 아무것도 말하지 못하는 움직임으로서, 사물의 내면에 깃들인 침묵을 포괄하고 있다. 그 역설의 운동을 통해 소멸의 필연성 속에서 생성의 움직임을 바라본 치열한 장소가 '폐가'이고 '병실'이었던 셈이다. 그래서 폐가나 병실은 "절벽의 틈새마다 뿌리 내린 침묵"(「진달래」)처럼 거대한 생성의 거소居所로서 우뚝하게 다가오는 것이다.

4. 존재론적 원적原籍으로서의 자연

한 걸음 더 나아간다면, 가시적 세계와 비가시적 세계 전체를 포괄하는 '자연'은 시인의 온몸이 수행해 가는 '시쓰기'와 절연할 수 없다. 그만큼 자연 속에서 미소한 일부로 살아가는 인간은 자연과 분리될 수도 없지만, 인간이 완성해 가는 예술적 글쓰기에서도 자연은 가장 깊은 심층적 배경이 되어 주는 것이다. 자연 속에서 풍경과 소리를 온전하게 보고 들을 수 없는 인간은, '시'를 통해 보이지 않고 들리지 않는 본연의 세계를 만나고, 그 무한한 것의 율동과 질감에 가닿는다. 이렇게 자연이 들려주는 울림과 떨림을 통해 우리는 존재의 본질을 경험하고 표현해 가는 것이다. 그만큼 자연은 "결단의 영역 그 너머에서 드러나는"(『기다림을 기다리는』) 영역인 셈이다. '시인 박종국'의 존재론적 원적原籍이 다시 한번 자연이 될 수밖에 없음을 보여 주는 다음 시편을 읽어 보도록 하자.

산은 깊어져 있었다
그늘도 짙었다

바위에 눌어붙은 이끼에서는
푸르른 냉기가 번져 나오고
어딘가에서 불어오는 바람에 흔들리는 나뭇잎
몸부림치는 떨림이 산새를 울리는

산울림과 바람 사이

산은,

입은 옷이 부끄러운 듯 누워 있는 무덤처럼 깊고
발가벗은 채 짙어 가는 그늘은 알 듯 말 듯한 비밀처럼
제 살을 뿌리들에게 내어 주고 있는

산의 품속을 파고들어
내 몸 떨리는 소리를 듣는
나무의 그늘과 스며든 여광에 얼룩진 바위
보랏빛 눈동자가 야무지게 보이는

뿌리처럼 평온해지는
무한의 품 안 같은

—「산그늘」전문

　다시 '산그늘'의 깊이에 참여한 시인은 그 안에서 "뿌리
처럼 평온해지는/ 무한의 품 안 같은" 순간을 느끼고 있
다. 산에 한없는 깊이를 부여하는 '그늘'은 그 자체로 어둠
의 빛깔을 띠고 있지만, 어딘가에서 불어오는 바람과 산
새들 울음 그리고 산울림과 바람 사이를 모두 감싸는 은
은하고도 든든한 배경이 되고 있는 것이다. 알 듯 말 듯한
비밀처럼 살을 뿌리들에게 내어 준 '산그늘'의 멈추지 않
는 기운이 나무 그늘에도 스며들고 그늘을 쬐고 있는 여
광으로도 이어져 간다. 그 잔광殘光 속으로 아스라하게 번
져 가는 산그늘은 "세상 어디에도 없는 울음"(「겨울 들판」)과
함께 "끝나지 않는/ 끊이지 않는/ 소리 자체가 삶인 듯"

(「오일장 장거리」)한 순간을 허락하고 있는 것이다. 그렇게 박종국 시인은 개별 생명체에서 전체의 움직임을 발견하고 그것들이 모두 전체 속에서만 이해 가능한 존재자들임을 암시해 간다. 이때 우리는 유한한 생명체에서 전체를 발견하는 것은 비록 불가능하지만, 무한에 참여하는 순간을 통해 존재자 바깥에 있는 무한을 열어 보게 된다. 다음 작품은 그러한 과정을 가장 아름답게 보여 주는 첨예한 실례일 것이다.

노루 꼬리만큼 남아 있던 해는 어느덧 꼬리를 감추고
강물에 노을이 밀려들고 있는

해 질 녘과 밤 사이

마음 밑바닥에서는 지하수처럼 지맥처럼 요동치는 세월이
꿈틀꿈틀 지나가고 흘러가 버린 사람들과 남아 있는
사람들이
어디론가 가고 있다

가야금 줄을 퉁기는 청아한 소리같이 우는 밤새 소리같이
흐느낌이 되고 통곡이 되는 한탄같이 세상살이를 굽이
굽이
넘어간다

목숨 받아 하고많은 슬픈 것들, 정처 없이 표류하는
침묵의 소리, 하늘과 땅 사이 커다란 밤의 아가리 속
을 뚫고 나오는
별빛같이 갈수록 어두워지는 어둠에 갈등하는

작은 주먹으로 때려 부술 수도 없는, 거대한 운명으
로 다가오는
어둠 앞에, 바위틈 대가리만 내밀고 바깥을 살피는 뱀
같이
도사리고 앉아 사사건건 귀를 세우고 눈을 반짝이는

행복의 나라로 떠날 배를 타기 위해 뱃머리에 서 있는
아이같이
과연 탈 수 있을 것인가, 설레는 설렘이 불안과 초조
로 변해 가는
해 질 녘이다
　　　　　　　　　　　　　　　―「해 질 녘이다」전문

본디 '해 질 녘'은 노을, 황혼, 석양이라는 방계의 어휘
들을 불러오면서 모든 존재자를 제자리로 돌려보내는 회
귀의 시간이다. 노루 꼬리만큼 남은 해도 자취를 감추는
"해 질 녘과 밤 사이"에 시인은 마음 밑바닥에서 요동치는
세월의 흐름을 읽는다. 그 안에는 흘러가 버린 사람들과
남아 있는 사람들이 어디론가 굽이굽이 넘어가고 있다. 모

두 정지를 모르는 움직임의 수행자들이다. 그들은 슬픔을 안고 정처 없이 표류하는 "침묵의 소리"를 들으면서 "거대한 운명으로 다가오는/ 어둠"을 품고 있다. 그렇게 이 시편은 어둠 한 자락에서 궁극적으로 만나게 될 순간이 우리가 돌아갈 존재론적 원적임을 상징적으로 알려 주고 있다. 자연을 향한, 원초적 사물을 향한 "경련처럼 이는 그리움"(『녹턴 4』)을 통해 시인은 "내가 아닌 내 속에서/ 내가 되려고 하는 움직임"(『오솔길』)과 "삶이 바닥을 치는 소리"(『그날』)를 동시에 간취해 간다. 그 민첩하고도 심미적인 손길이 크고 아름답게 다가온다.

이처럼 박종국 시인은 산그늘 지는 고요하고 잔잔한 해질 녘 풍경을 통해 모든 존재자가 서로 의존적으로 공존하고 있음을 보여 준다. 자연의 순수 원형들은 육안으로는 볼 수 없고 어떤 순간적 정신 상태의 고양을 통해서만 경험할 수 있게 마련이기 때문일 것이다. 끝없이 우리에게 다가오는 세계의 비밀을 함축과 상징의 축조를 통해 예감하게 해 주는 박종국의 시가 미덥고 신비로운 순간을 만들어 준 셈이다. 그만큼 시인은 우리가 모르는 중심으로부터 끝없이 개체적 실존을 흘리면서 인식 불가능의 경계를 향해 나아가는 생명체로서의 자연을 끝없이 증언하고 있다. 그 점에서도 자연은 '시인 박종국'의 처음 발원지요 마지막 귀속처이기도 한 것이다.

5. 우리 시단에 건넨 거대한 무한의 모뉴먼트

'시인'이란 궁극적이고 본질적인 실재에 다가갈 수 없는 비극성을 노래하는 동시에, 끊임없이 그 안에 흔적으로 숨 쉬는 어떤 신성한 의미를 찾아내야 하는 존재이다. 또한 밭에서 씨를 뿌리고 그것이 착근해 가는 과정을 바라보는 것도 시인의 실존적 책무일 것이다. 박종국 시인은 대지적 긍정에서 발원하여 생명에 대한 경이를 통해 자연의 생명을 안아 기르는 마음을 동시에 펼쳐 가고 있다. 그 마음이 신성한 의미에 대한 천착 의지를 부르고, 종내에는 인간 본성과 깊이 매개되는 아름다움을 창조하고 있는 것이다. 그 아름다움이 무한을 향해 번져 가는 형상이 '시'를 통해 심미적 최대치를 이루는 광경, 다음 표제작은 그 순간을 그려 낸 명편이 아닐 수 없다.

> 그리움이 봄풀 같은 외로움
> 산다는 것에 대한 목마름이 한없는
> 쓸쓸한 빛이 꿈을 꾸고 있는
> 깊이 모를 슬픔이 흔들리지 않는 호수같이
> 감동 없는 눈빛
> 겨울 하늘처럼 차갑고 삭막하지만
> 모든 존재에 몸과 마음을 바친 듯 풀어 놓고는
> 무엇인가를 기다리고 있는
> 찌들고 주름진 속에 영롱한 구슬을 안고

세월에 속아 사는 엄마의 그늘 같아서

나직나직 불러 보지만 끝내 나타나질 않는

가늠할 수 없는 무한의 슬픈 눈을 바라보는

눈앞에 숨은 듯 숨지 않은 듯

세상 바깥에서 익혀 가고 싶은 것들이

너무 많은 말들이 세상을 촉촉하게 적시는

호수 같아 빠지면 죽을 것 같아서

목 매인 송아지처럼 오도 가도 못하고

한눈을 파는 눈에는 아무것도 보이질 않고

바람 한 점 햇살 한 점을 받아먹는 삶만이

귀청이 덜덜 떨리는 현실이라는 생바람 견디느라

끔벅끔벅한 눈 슬픈 눈

우리들 눈 아래 그늘 속에 앉아

유장하게 담배 한 대를 피우는

저 무한 앞에

세계관 인생관 하고 소리 질러 보아야

엄마를 부르는 송아지 울음 만이나 할까

— 「무한 앞에서」 전문

    정말이지 이 시편 안에는 "무한 속에는 어슴푸레 빛나
는"(「그 말 한마디」) 본질의 깊이가 도사리고 있다. 시인은
"산다는 것에 대한 목마름이 한없는/ 쓸쓸한 빛이 꿈을 꾸
고 있는" 순간에 "모든 존재에 몸과 마음을 바친 듯" 살아
움직이는 가늠할 수 없는 슬픔을 느낀다. 눈앞에 숨은 듯

숨지 않은 듯 "세상 바깥에서 익혀 가고 싶은 것"은 "눈에 는 아무것도 보이질 않고/ 바람 한 점 햇살 한 점을 받아 먹는 삶"으로 이어져 갈 뿐이다. 나아가 시인은 그늘 속에 앉아 듣는 송아지 울음 속에서 유장하게 펼쳐지는 무한을 바라보는데, 그 울음은 "오고 있는 자는 또 갈 것이고/ 가 고 있는 자는 다시 올"(「문상」) 시간을 물으면서 "어디로 가 는지도 모르고/ 가고 있는"(「고목의 그늘에 앉아」) 이들의 표 지標識가 되어 줄 것이다. "벽 없는 벽 앞에서 벽이 무너지 길 기다리는 기다림"(「굽은 길」)과 "만장같이 펄럭이는 힘으 로/ 삶을 지탱하는"(「발자국」) 순간을 가져다줄 것이다. 그 렇게 박종국 시인에게 미학적 순간은 무한을 새겨 가는 모 자이크를 따라 영원의 상像을 만들어 가고 있다. 박종국 의 시는 이처럼 생명의 무한 원리를 포섭하면서 '시'가 은 밀한 생명력이며 모든 존재가 바라는 언어적 차원임을 힘 있게 표현해 간다. 따라서 그의 시는 자연을 안고 가는 환 영(illusion)의 언어이자 자연을 향한 가장 아름다운 송가이 기도 할 것이다. 그의 시 안에서 존재자들은 자기 생명을 영원처럼 누리기 위해 타자들과 수평적으로 공존하면서 살아가지 않는가. 가늠할 수 없는 무한의 슬픈 눈을 표현 한 그의 시가 과연 우리 시단에 거대한 무한의 모뉴먼트 monument를 건네고 있는 순간일 것이다.

　지금까지 우리가 천천히 읽어 온 것처럼, 박종국 시인 에게 자연은 벼랑과도 같은 형상으로 다가오기도 하지만,

한없이 넓디넓은 존재론적 시원始原으로 펼쳐지기도 한다. 여기서 '시원'이란 공간적 유토피아나 시간적 유년기 등을 지칭하지 않는다. 그것은 지각 형식으로는 가닿기 어려운 신성의 가치를 내재한 궁극적 본향이기도 하고, 훼손되기 이전의 어떤 영성적 경지를 간접화한 형상이기도 하다. 시인은 그것을 부단하게 변화해 가는 자연 속에서 발견하고, 역설적 추구를 통해 그것의 상상적 완성을 꾀해 간다. 박종국 시의 표층이 자연 사물이라면 그 심층은 보이지 않는 시원의 깊이일 것이다.

하이데거적 문맥에서 보면 궁극적 존재란 본질적이며 근원적인 것, 비밀로 가득 찬 형이상학적 힘이자 은폐된 신성일 것이다. 반면 낱낱 존재자는 언어에 의해 현상된 개체적 실존들을 말한다. 존재가 숨어 버린 지층에서 존재자들을 일일이 호명함으로써 존재를 복원하는 일이 시인의 직무라고 할 때, 박종국의 시는 경험 속의 존재자를 불러 줌으로써 지층 아득히 묻힌 존재를 재탐사하는 안간힘으로 구성되어 있다. 이러한 완미한 세계를 딛고 이제 그의 시는 더욱 심원한 차원을 열어 갈 것이다. 이번 시집이 이미 그 개진의 가능성을 열어 놓고 있지 않은가. 이제 우리는 박종국 시인이 그 세계의 씨앗을 가득 품은 채, 은밀하고 무한한 '시'를 오래도록 우리에게 들려주길 바라 마지않는다. 뜻하지 않게 찾아온 몸의 불편을 딛고 일어서, 그 세계를 충일하게 담은 결실들을 더욱 간절하게 기다릴 것이다. 이번 시집 상재를 마음 깊이 축하

드리면서, 더욱 건강하고 환한 무한의 차원을 특유의 직관
과 통찰과 표현으로 우리에게 계속 들려주기를, 온 마음으
로 소망해 본다.